VOLCANO BAY

詞華集

野男のうた

自選二〇〇首

時田則雄 編著

角川書店

詞華集

野男のうた

自選二〇〇首

目次

装幀・本文デザイン　南　一夫

詞華集

野男のうた

自選二〇〇首

時田則雄　編著

『北方論』

雁書館　一九八一年刊

野男の名刺すなはち凩と氷雨にさらせしてのひらの皮

春泥を蹴ちらし駆けてゐる馬の白きたてがみ巨いなる腹

辛夷一樹一樹なるゆゑこの春も花のおもさに耐へて枝張る

獣医師のおまへと語る北方論樹はいつぽんでなければならぬ

五百トン牛糞買ひぬ作付図Ｄ地六町歩ビートを植ゑむ

犂《り》底《てい》盤《ばん》砕きて走るブルドーザー雨後の森林ひびかせてゐる

針葉樹芽を吹く五月エンジンをふるはせ乾性灰地起こしぬ

点点と火種つけつつ父ゆけば野辺はいちめんむらさきとなる

指をもて選《すぐ》りたる種子十万粒芽ばえれば声をあげて妻呼ぶ

妻とわれの農場いちめん萌えたれば蝶は空よりあふれてきたり

値切られて売られたる馬庭先にみどりの糞を残して去れり

サングラス　ポンチョ　長髪狂《ふ》れしごと一日トラクターに跨りてゐし

汗のシャツ枝に吊してかへりきしわれにふたりの子がぶらさがる

月光に濡れてとどろくコンバイン小麦十町歩穫り終はりたり

火焔噴くジェットヒーター一夜にし小麦千俵脱水したり

ハンマーで額を一撃されし馬こゑあぐるなく床に崩るる

頸を断たれし鶏ははばたき死ぬまへの一瞬宙に舞ひあがりたり

トレーラーに千個の南瓜と妻を積み霧に濡れつつ野をもどりきぬ

日溜りに鋸の目立てをする父は北緯四十度圏にふさはし

十五トン肥料ほどこし三十トン豆を穫りたり雪がふりくる

地階よりのぼりきたれば骨細きにんげんどもが溢れてゐたり

さらば灯に潤みゐる都市かへるべし行くべし一樹直ぐ立つ荒野

瘡蓋《かさぶた》のごとく凍土に生きながらわれはたつとぶモハメッド・アリ

土地を買ふは罪かもしれぬ風吹けばエゾノギシギシ種子ふりこぼす

取得せし斜面三町歩雪ふればゆきに野心の片鱗が舞ふ

極寒こそ家族の砦石くれのやうに寄り添ひ生きてゆくべし

牛糞のこびりつきたるてのひらを洗へば北を指す生命線

冬の日に十指翳せばおのづからゆびは捕獲のかまへとなれり

離農せしおまへの家をくべながら冬越す窓に花咲かせをり

〈われ〉〈われら〉いづれにしても雪はらのゆきのひかりに佇てば微塵よ

雪を食へばしらゆき姫になるといふわが嘘を聴く耳やはらかし

食ひつめてきしにはあらず北辺に祖父を呼びしは一片の雲

一族の歴史　風狂　さすらひの血はこんこんと縦にながるる

生えてゐるやうにゆふべの野良に立つ父の前世あるいは樹木

敗北はあるいは罪かブラキストン・ラインこえきし祖父を超すべし

嫁して祖母七十五年ひともとの樹にたとふれば両手にあまる

ブラキストン・ライン越えきし祖父の意思継ぐべしダリアあかあかと燃ゆ

遡上せし血の裔よわれしぐれつつしぐれつつなほ北に真向ふ

『緑野疾走』

雁書館　一九八五年刊

植うるとはつまり己が樹になるといふことならむ樹を仰ぎつつ

雨つぶて額にはじかせ駆けてきてひとつ根方に妻と宿りぬ

水面に刺さる一瞬水ならず輪をひらきつつ走る雨脚

おとうとの名は釈樹心たんぽぽが咲けば蒲公英摘みて供へる

トラクター唸らせ一日暮れたれば子のこゑ水のやうにやさしき

牛が初潮を迎へたりしと酔ふほどに齲歯《うし》をむきだしおまへは笑ふ

盛りあがり春陽にまぶし反転土つちにも裏のあるを知りたり

ビート苗三万株に水そそぐ妻は小さき虹をたてつつ

てのひらの胼胝《たこ》削ぎおとし爪を剪りわれに不要のものほかになし

57　緑野疾走

共喰ひの果てに去りたる奴のためぬかずおくべし切株ひとつ

村を去りてひさしき男黒皮の靴ひからせて訪ねてきたり

生活のにほふ床板へがすとき悲鳴のごとく錆釘が鳴る

くれなゐの花咲く部屋を拠点としわれの家族の一日《ひとひ》はじまる

股座に一升瓶をぶらさげて月にヨイショと男が踊る

満載の麦を運びてきしおまへ白き犬歯を見せつつ笑ふ

麦の香のしみし五体を水風呂に沈めてあれば子が潜りきぬ

子を抱き湯槽にうたふどこまでもシュッポシュッポと走る機関車

ふるさとの最上川面に雪降るとテレビの前に釘づけの母

名号を唱へ逝きたる祖母のこゑ終のなみだの透きとほりゐき

腹這ひて論じぬおなじ水脈のみづに育てば草も樹も朋

ラグビーの男、男をふりきつて額より雪に突入したり

『凍土漂泊』

雁書館　一九八六年刊

墓場にも四季とふありて花かげに犬は交尾をつづけてをりぬ

太古より現を嘆くは常にしてひとは眩しく空をみあぐる

ハイエナも子の親なれば新しきいのちのために死肉貪る

按摩機に体をゆだねて眠りゐる妻の水母《くらげ》のごとき午後かな

妻は世界地図をひろげてフランスの秋のゆふべの空を語れり

東京へ旅立つ南瓜に「サヨナラ」とひとり呟く百姓もゐる

『十勝劇場』

雁書館　一九九一年刊

まだ咲いてゐるぞ連翹いますこし狂つてゐたい人生である

木蓮の花が咲いたよ　地に還るその日が今日でもいいとぞ思ふ

房総の春のかをりを孕ませて旅なる妻の手紙届けり

十勝野はわれの劇場春雷のやうに一生《ひとよ》を轟くのだよ

片栗の花と出合ひて父を呼ぶ娘よ人生は短編である

堆肥撒き終へしゆふぐれ存分に酒を喰らひて矇朧となる

あぢさゐのそのぼつてりと咲きゐるは疎ましひとを殺めたくなる

翼下はるか輝くメコン　北上のわれの男を沸騰さする

体の裏表くまなく撮られをり点検受くる車体のごとく

父として娘にいふ嫁してゆくならば野づらの果てのいつぽんの樹だ

トラクターに軽油マンタン胃袋に焼酎一合　今日を奪はむ

人生の半ば狂つて駆けてゐる　誰だ　男だ　朝だ　吹雪だ

祖父の国越後幻日本海霧にこゑなくゴメひるがへる

ポロシリの嶺の白雪みてあればをとこ男《を》ごころ芯が尖るぞ

ポロシリ＝アイヌ語。ポロ＝大きい。シリ＝山。
日高山脈の雄峰の一つで十勝幌尻岳（一八四六M）。

ギロチンプレスされし自動車斑なるひと塊の鉄にもどれり

〈ランドサット〉が捉へし日本列島の都市部虫歯のやうに黒ずむ

国際化せし東京の胃袋に届けむ露に濡れしアスパラ

『夢のつづき』

砂子屋書房　一九九七年刊

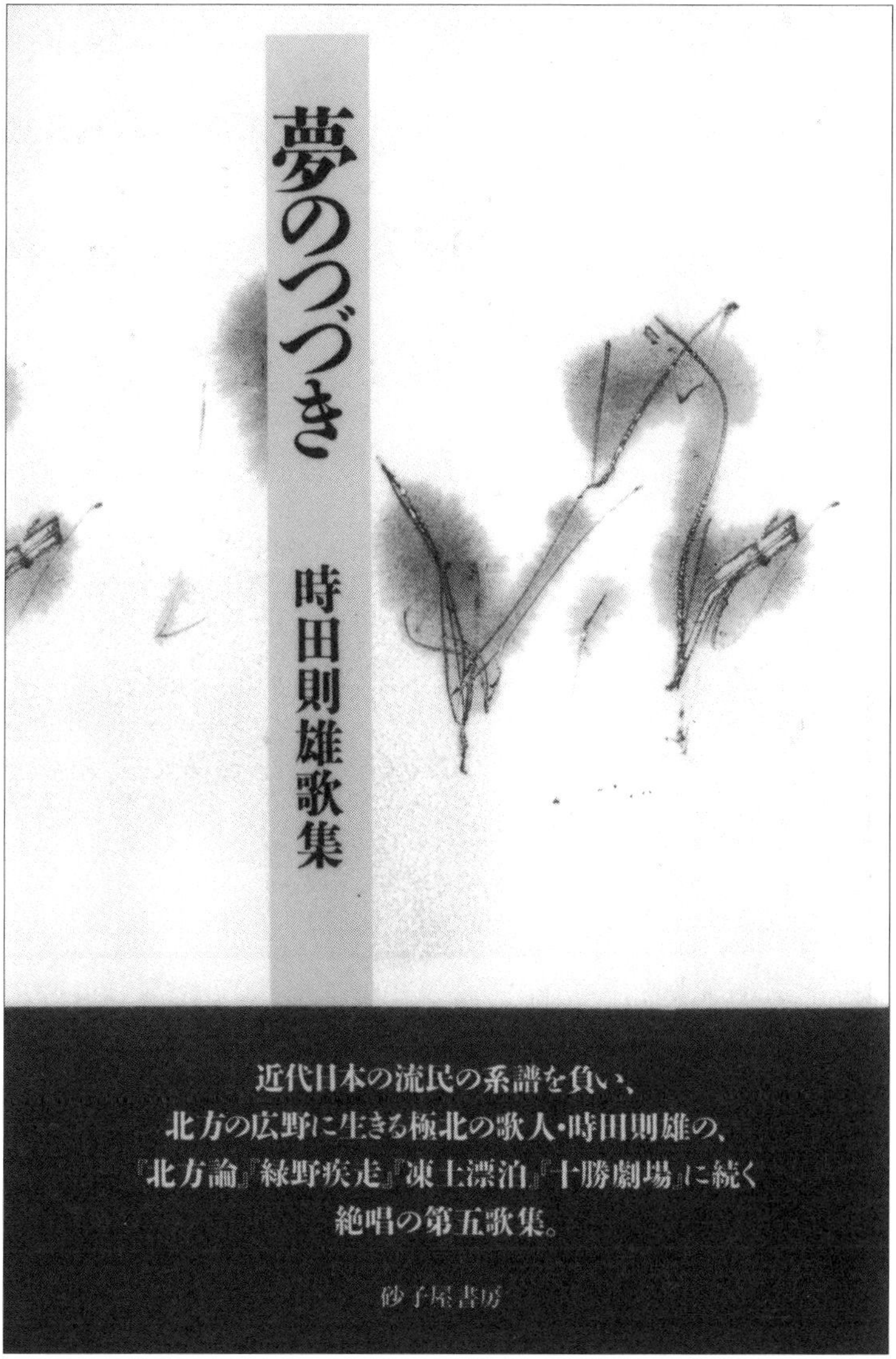

ロッキングチェアに凭れて妻がいふ　今日の空　ほら　水浅葱色

昼を夜を凍土緩ぶか浮く雲のぼんやりとして色に示せず

蹠《あなうら》にうれしかりけり春の土命あづけてゐると気づきぬ

歌人とはそも何者ぞ春の土を七五調にて歩むでもなし

エンジンに飴色のオイル注ぎ込み春耕前夜われも充実

この春も離農宣言する朋のありて円座の酒ほろ苦し

ビート畑ひと日めぐりて眼裏のみどりの闇に呑まれて眠る

麦の穂の波のささやき聞きに来よ　〈平和・反戦〉言葉は空し

冷害が確定的になりしこと話題にしつつ酌むコップ酒

息吸へばホーとかすかに音がする男は笛になることがある

胸部写真に白き影あり医師の声天気予報図みるごとく聞く

父の手のごはごはの皮　百姓は一生《ひとよ》をかけてごはごはになる

充電の完了ちかきバッテリー深夜ふつふつと気泡吹きをり

炎天に咲ける鬼罌粟　白骨となるまでの距離ふと測りたり

雨二日ふりて一日風がふき秋は空から近づきてきぬ

雑草もこん畜生も鋤き込みて月の窓辺に酒くらひをり

魂を色に示せといふならば霜に濡れたる土の褐色

傾いてゐる木　春の木　花咲く木　一生《ひとよ》かたむく木であるもよし

『ペルシュロン』

ながらみ書房　一九九九年刊

ペルシュロン　その底力くれ給へ空の青さに酔つてはをれぬ

洗濯機の泡に溺れて手袋が助け求めてゐる昼下がり

この腐臭はどこからくるか人間か東京の朝ぐぢぐぢ明ける

酌めよ酌め、　ポロロンポロロン　肋骨が奏でてゐるぞ今日のこころを

汗の軀を打てるシャワーのなかに立つああいま俺は水の柱だ

完熟の堆肥のなかで暮らしゐる動脈のごとき蚯蚓の家族

百姓であるかやつぱり晴の日のつづけば仕事をさがす筋骨

枝を打たれ幹のあらはの落葉松が空を刺しつつ緑炎を噴く

妻と娘と並びみてゐる遠花火ひとつひらけば二つためいき

『石の歳月』

雁書館　二〇〇三年刊

兵たりし日に戻りしか赤き陽を背負ひて軒の氷柱突く父

のびきつた輪ゴムのやうな陽だまりに父と母とが大根洗ふ

背《そびら》とは哀しみの板年老いし父と母とがへばりつきゐる

土の香のあふるる春が来るとふに父は霊柩車にゆられゆく

陽炎のうつろふ土に佇てる妻とろとろ下半身溶けてゐる

東京は桜咲くとふ今朝も娘は満員電車にゆられて行くか

吊されし作業衣に顔なし手足なしされど膨れてゐるぞ肩肘

轢死せし猫の眼窩に棲みつきし蛆の家族にそそぐ朝の陽

美食家とふ男の面のぼてぼての皮こそ日本の旗にふさはし

良寛は逃げだしたのか俗臭にまみれてわれはまた坂登る

太陽の時間を記憶してゐるかてのひら二枚微熱を保つ

バーナーの青き炎につつまれて鉄と鉄とが求め合ふなり

バキュームカーと家族をつなぐゴムホースどくんどくんと脈打ちてをり

雨四日　断続的に降りつづき二本の腕をもてあましをり

骨無しの魚が売れに売れるとふニッポン水母《くらげ》のやうに漂ふ

秋だ秋だと追はるるやうに外に出づやらねばならぬ仕事あらねど

凍《しば》れたる沢庵漬けを切る妻の赤のまだらの染みゐる右手

緩びたる地表ゆふべは風のなかひき攣《つ》りしまま凍りはじめぬ

『野男伝』

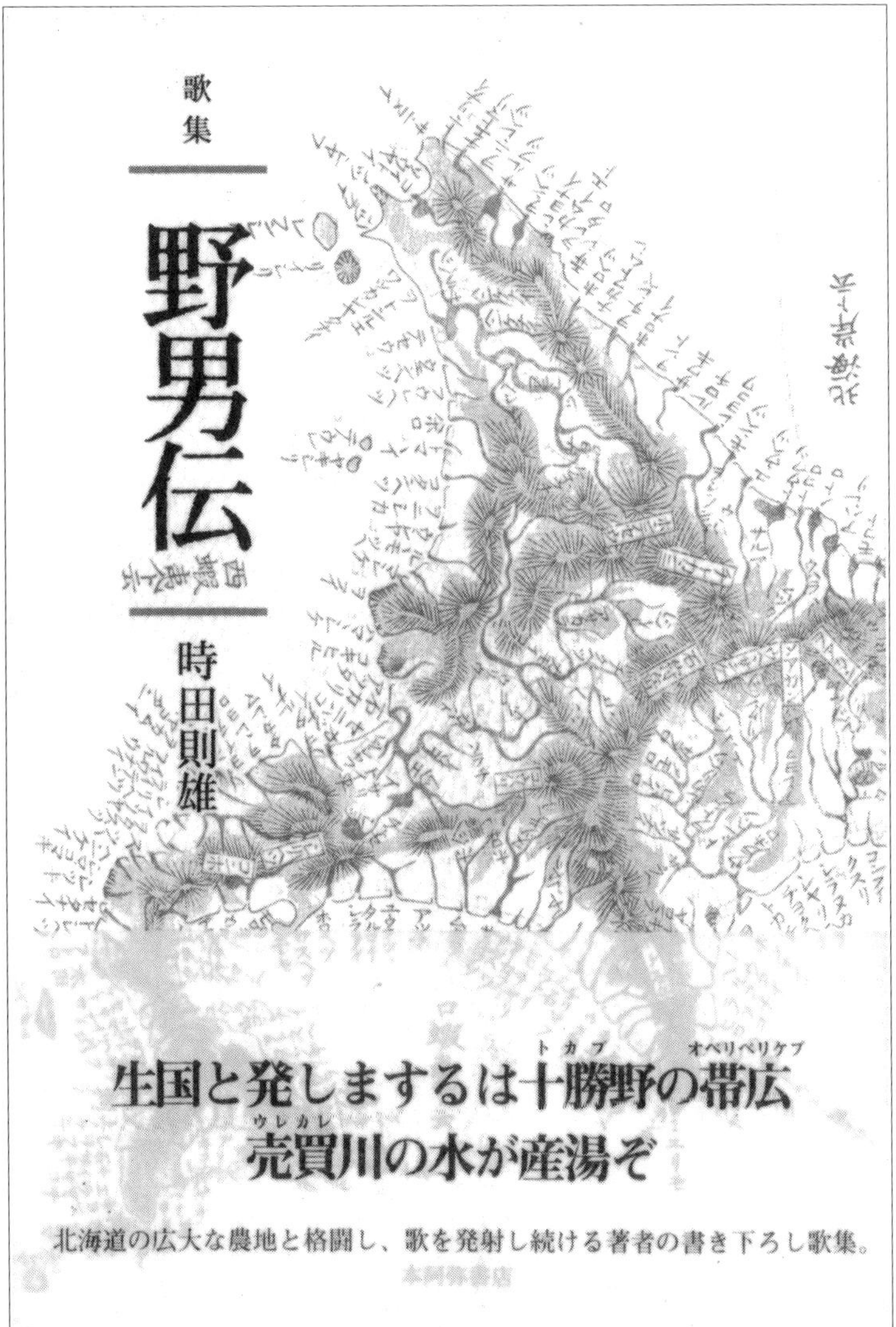

本阿弥書店　二〇〇六年刊

生国と発しまするは十勝《トカプ》野の帯広《オペリペリケプ》売買《ウリカリ》川の水が産湯ぞ

満州の赤い夕陽に照らされし面ひとつさげ還り来し父

父の太き腕を枕に夜毎聞きぬ銃弾の音砲弾の音

東京の娘をおもふなり純白の辛夷の花のかがやく見れば

年末は豚を殺して喰らひしよ出刃研ぐ音の今も聞こゆる

屠殺場に運ばれて行く青の貌浮かび来トラクターの明りの中に

春歌唄ひせうべん漏らしてゐし男懐かし桜の花あふるれば

ポーポーと一歳馬《トネッコ》を呼ぶ母のこゑ弾みてゐたりたんぽぽの原

青い月の夜だよひとり墓に来て父と語りて酒飲んでゐる

逝きし息が鋤きし畑に播きし麦青ふかめつつ冬に真向かふ

長女の婿が逝去。　享年三十。　戒名超海院釋浩躍。

『ポロシリ』

角川書店　二〇〇八年刊

ポロシリは静かに座つてゐるゆゑに俺は噴火をつづけてゐるぞ

十勝野は神神の遊ぶ庭《カムイミンタラ》　春の風すべってころんでゐる午後である

父が遺してゆきたるマッチ箱の中まだ発火せぬ頭のあまた

整備工場より戻り来しトラクター泥ふるはせて快音を上ぐ

機械油の染みし軍手が日毎増え春がだんだん膨らんでくる

完熟の牛糞堆肥の湯気のなかパワーショベルも躍つてゐるぞ

スパナーをぐいつと引きぬ力瘤まだまだ力のかたまりである

固き地面《ぢづら》割りて出で来し大豆の芽淡きみどりの露宿しをり

朝露に濡れたる草を食みてゐき馬はみどりの泡を吹きつつ

大空のもとで一日働きて酒をくらひて倒木となる

スプレーヤーのタンクの中で渦を巻く殺菌剤と殺虫剤が

十勝アイヌと日高アイヌの伝説を秘めてぞ眠る雨のチョマトー

チョマトー＝アイヌ語で恐ろしい沼。嫌な沼。帯広市内にある。

鉄骨を組める男の淡き影草の上にのびたりちぢんだり

あたらしき命のために鋤き込みぬ花を咲かせてゐる向日葵を

耐用年数切れるといふか右の肩回せばゴクリと音立つるなり

十勝厳冬パワーショベルを唸らせて堆肥の山をでんぐり返す

折返し地点はいづこてのひらの山河ながめてゐるなりゆふべ

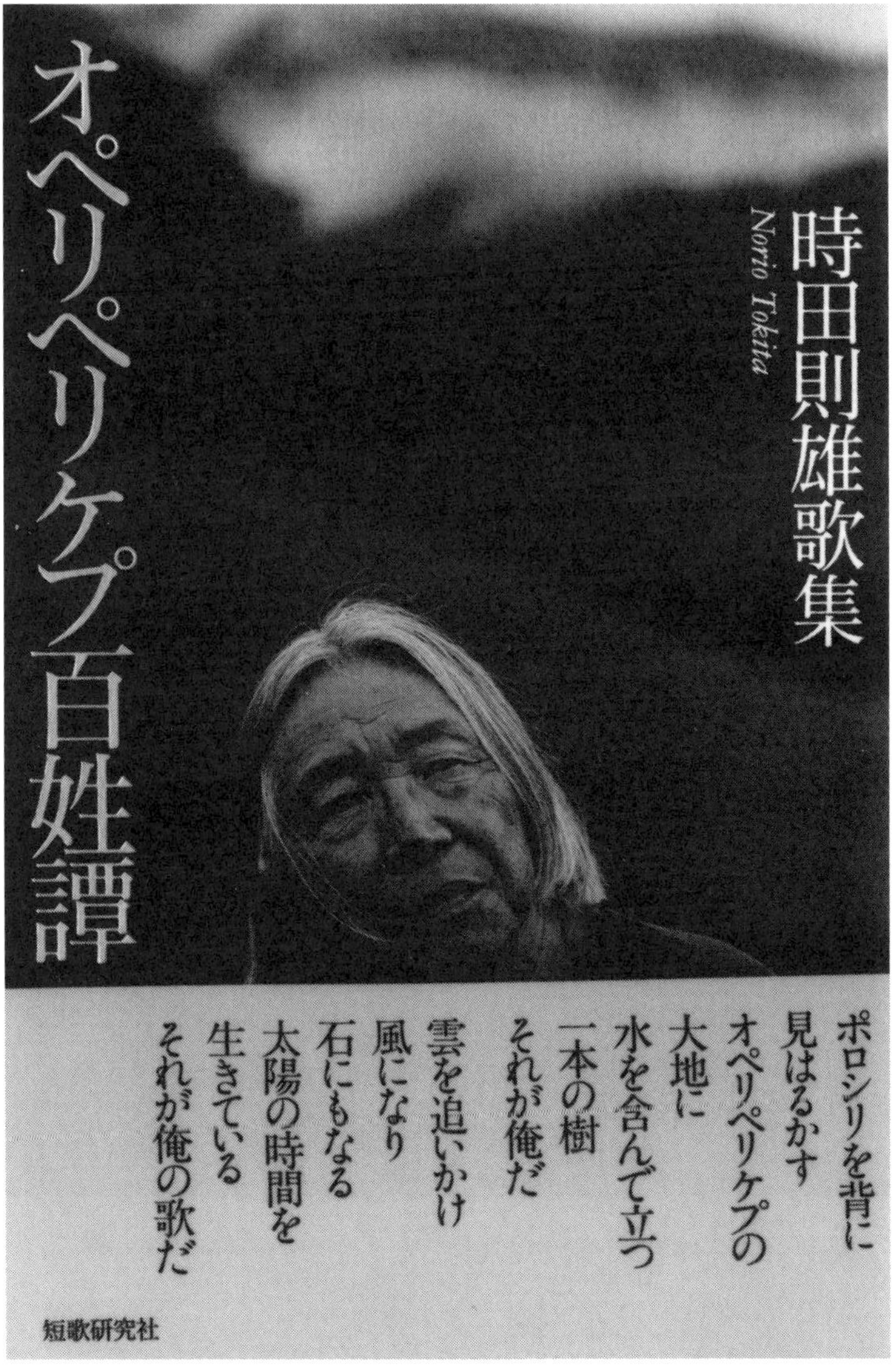

『オペリペリケプ百姓譚』

短歌研究社　二〇一二年刊

水がうまい　空気がうまい　そりやさうだ　オペリペリケプの樹なのだ　俺は

ここは北緯四十三度石たちも春が来たれば花を咲かせる

春泥のこびりつきたる長靴を履きゐる妻の顔新しき

母の襁褓取り替へてまた畑に出る馬鈴薯が俺を待つてゐるのだ

穏やかな顔して母の眠りをれば声をかけずに帰りて来たり

母の不在の部屋の窓辺の椅子の上猫がしょんぼり座りゐるなり

母の入退院生活が始まった。

いつも隣にゐる人それは妻といふひとなり今日は窓磨きをり

つまり樹は水の柱だ　大空にみどりの炎吹き上げて立つ

農基法以後のニッポン列島は山河窶《やつ》れて腐臭ただよふ

農基法＝農業基本法。昭和三十六年施行。自立農民育成のため小農切り捨てや離農促進等が盛り込まれてゐる。

十日ほど数字の海を泳ぎつつ確定申告書提出したり

よく働くてのひら二枚指十本石鹼の泡に溺れゐるなり

妻が眠りし後も働く洗濯機ぶつぶつひとりごとを言ひつつ

眼を閉ぢれば光の帯だシアンルル　俺もゆつくり流れてゆくぞ

シアンルル＝アイヌ語＝十勝川。

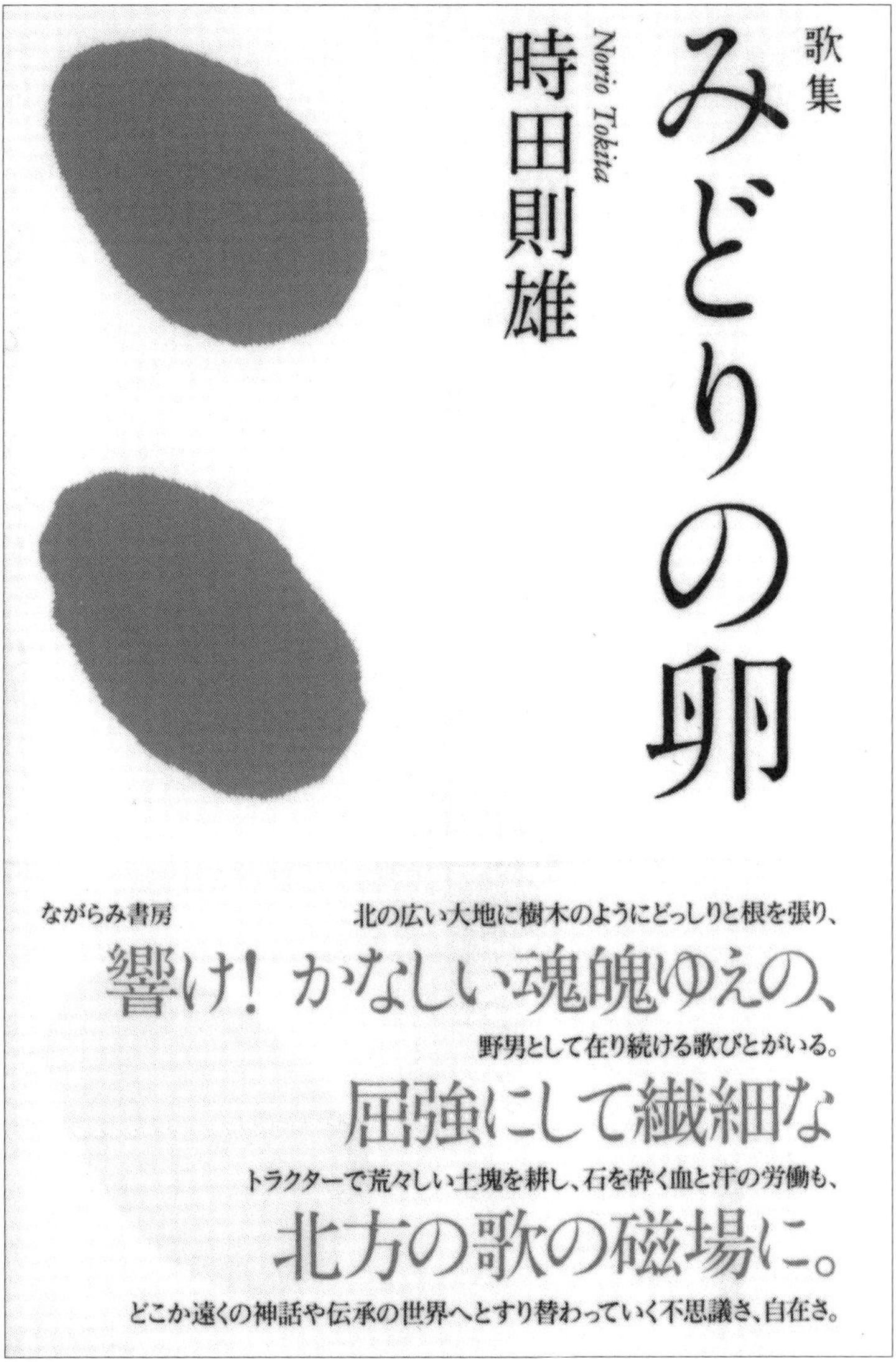

『みどりの卵』

ながらみ書房　二〇一五年刊

春はまた足の裏からやつて来て手の指先で耀いてゐる

らんまんの李の花のその下で石が寸分浮いてゐるなり

息が逝きて九年と六《む》月父は今日も顔を歪めて畑を起こす

こんこんと眠れる母の口に耳近づけたれば水のささやき

声をかくれど母は応へぬやはらかき睫毛が影を浮かべゐるなり

ゆふやみに浮かぶ蚊柱浮世とはうるさい話の漂ふところ

エゾイチゲの花が咲いたと妻が言ひさうかと花を覗きにゆきぬ

明日は雨になるとふ予報聞きをれば手から力が逃げて行くなり

地下足袋の中で朝から働きし足を束子で磨きてをりぬ

雨が土に染み入るやうに消えていつた母だよ　今日の空はからつぽ

耳を澄ませば水のささやき　さうなのだ　母はかうして傍にゐるのだ

可憐なる花を咲かする雑草も畑に咲かば首を掻っ切る

別府橋　霊柩車渡りたる後に堆肥を積みしトラック渡る

アイヌ語は水で成り立つ　さうだらう　イランカラプテ　イヤイライケレ

イランカラプテ＝こんにちは。　イヤイライケレ＝ありがとう。

石の過去辿れば匂ふ火のにほひ水のにほひのなつかしきかな

十勝幌尻《ポロシリ》岳は雲の上なりカムイたちは昼寝してゐむ魔羅を枕に

十トンのナガイモ積みしトレーラー東京目差して発てり早朝

この村の外れにみどりの橋がある渡るのはわれとカムイと狐

ウリガレップにまた春が来る緑色の酒を食らつて待つてゐたのだ

ウリガレップ＝アイヌ語＝捕つた魚を集めて置く所。

カムイから聞いた話のそのひとつ　石がみどりの卵を産んだ

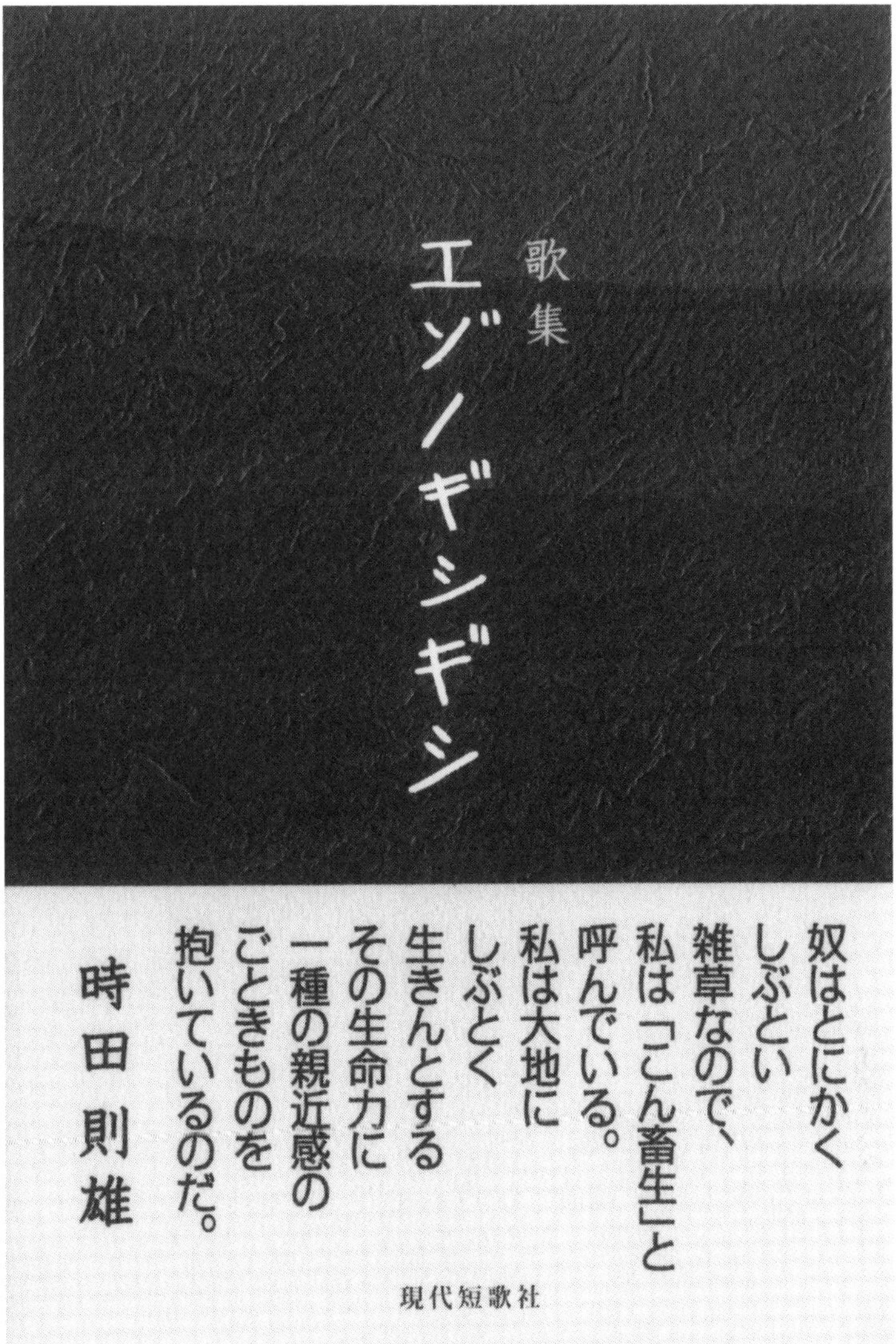

『エゾノギシギシ』

現代短歌社　二〇一七年刊

エゾノギシギシ　おまへは同志　さあ今日も野に出て緑の汗流すのだ

エゾノギシギシ＝タデ科。大学で世界の五大雑草と教はつた。
私は親しみを込めて「こん畜生」と呼んでゐる。

トラクター今朝も快調別府橋渡りて薯の花に染まらむ

バックギアの壊れたままのトラクター　さうだよ、俺も後退はせぬ

山は裏を今日も見せない　俺は俺の背《そびら》を一度も見たことがない

拓馬ほら、　よおく眺めよ、　大空を　祖父はおまへに過去は語らぬ

拓馬＝初孫

草を毟る妻の背中が語りゐる　家族の歳月　野良の日月

液状のコンクリートを滑る鏝《こて》の動きにこころ均されてをり

空にだけは嘘はつけない　限りなく広くて深くて透明だから

ニッポンの食の現今憂ひつつ野坂昭如死せり　厳冬

猩紅の空のなかよりゆつくりと軍靴の音が近づいて来る

錆を落とすやうに亀の子束子もて冬は不要の腕擦りをり

スパナーに錆びしナットを緩めをり宿敵を捩じ伏せるごとくに

鉞は記憶してゐる墓穴の底で眠つてゐる祖父の夢

文学アルバム「野男」の歳月

（敬称略）

余市の藤吉・キイ夫婦（1912 年）

村会議員の祖父・前列中央（1916 年頃）

若き日の祖父仁三郎

兵隊時代の父良三

祖母シンを囲んで

売買川で右から二人目が則雄

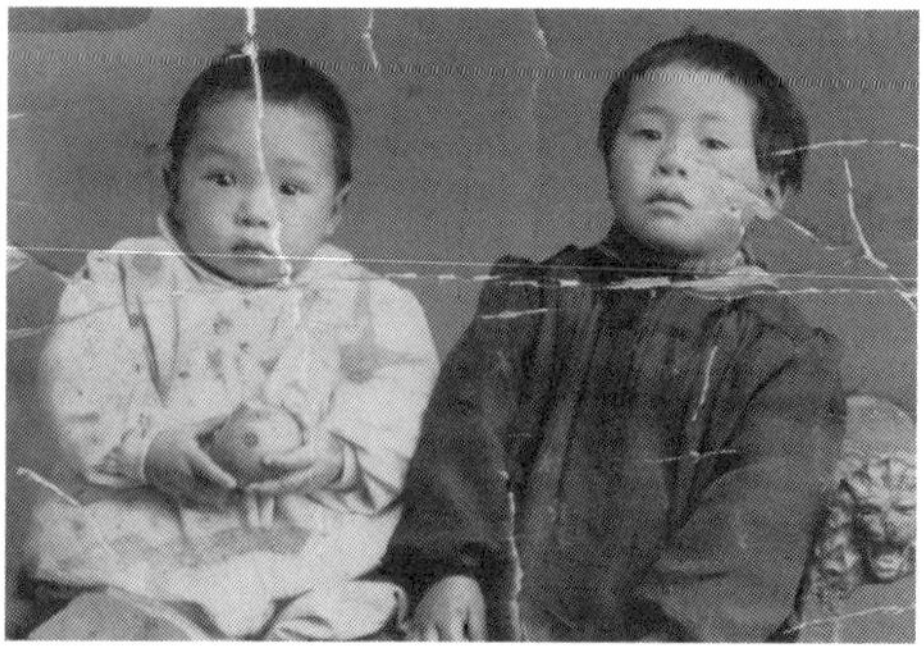
姉京子と

旧宅前で父良三、母トミワ、姉京子と

愛犬ヨツと

父と

中学三年生の頃

東京遊学中の姉京子

高校三年生の頃

結婚式にて

バレイショ畑で妻幸子

小麦畑で長女真理子、次女真澄と

トラクターと並んで

大豆の収穫（1985 年秋・撮影　安場　修）

畑に残された旧宅

自家菜園の母

カボチャ収穫の妻

森の中の現在の自宅

仏間で父と母（1991年春・撮影　安場　修）

『辛夷』の編集風景

晩年の野原水嶺（左）中央渡邉洪

帯広市内で佐佐木幸綱と

帯広市内で馬場あき子と

現代歌人協会賞祝賀会で
妻と（1982 年）

豪放磊落な大塚陽子と

「劇場」の仲間達と

六花亭社長宅で
俵万智と（2013 年）

自宅書架の前で

エッセイ　「野男」の傍らで

「劇場」編集人　三澤吏佐子

平成八年の早春のことである。私は母に誘われて参加した「全十勝短歌大会」の席上で時田則雄という歌人と出会い、「辛夷」への入会を機に、現代短歌を基礎から学ぶことになった。

当時、時田は編集発行人として「辛夷」を率いてはいたが、取り巻きには、創刊者の野原水嶺に直接指導を受けた重鎮や、その妻で後継者でもあった大塚陽子の側近として、長い間、結社の運営を担って来た同年代の幹部会員も多かった。

そのため、時田が直接手を掛けて、一から育てた弟子は、私が初めてであると承知している。

時田自身が第二十六回「角川短歌賞」（五十首競詠）の受賞によって歌壇にデビューを果たした経験によるところか、私には入門当初から、周囲が呆れるほど次々と競詠への応募を課し、多忙の時間を割いては、惜しみなく、「野男」の短歌の流儀を叩き込んだ。

中でも、時田が佐佐木幸綱の『呑牛』（平成十年刊）に強く影響を受けて取り組んだ第六歌集『ペルシュロン』をはじめとする歌集を上梓するにあたり、原稿整理などに関わる機会を許されたことは、私にとって何よりの血肉となった。

時田の創作活動はアナログ主義で歌は言うまでもなく、新聞の連載コラムから長文の評論などに至るまで、全ての原稿を手書きする。携帯電話は「ガラケー」でスマートフォンもパソコンも使わないため、メールでの原稿のやり取りもしない。

それ故、歌集の編集作業にも徹底したこだわりを持っている。先ずは、一冊の歌集に収録予定の三百首余りの歌を改めて原稿用紙に浄書する。次に、それを、一首ずつ鋏で切り離して、小見出しごとに手作業で並べ直し、最後に冊子状に綴じた原稿用紙にホッチキスで止めつけてゆくのだ。既に短歌の総合誌などに発表した表題のある歌群についても、躊躇することなく解体してしまうのが常だ。

最も象徴的な例を挙げるならば、「角川短歌賞」の受賞作となった「一片の雲」と題する五十首詠であろう。

歌壇的に最高の評価を得たこの一連についても、第一歌集『北方論』の編集にあたっては、受賞作と同名の小見出しの中に、受賞作以外の歌と混在する形で六首（一部改作あり）のみが残されており、他の三十七首は、それぞれ「北方論」「野男」「春」「夏」「冬の種子」「秋」「冬」など、七つの小見出しのもとに分散されている。更に、それ以外の歌は歌集に収めることすらしていないのだ。

時田が歌集を編む際に最も重要視することとは、作品が背負っている過去の評価を留めることではなく、一首一首の歌に唯一無二の居場所を与えることなのだろう。

歌の書かれた短冊状の紙片を所狭しと広げ、腕組みをして俯瞰し、蹲っては、また入れ替える。パソコンを使えば造作もないこれらの作業に、時田は途方もない手間と時間を注ぎ込んでゆくのだ。

西日の溜まる書斎で歌集を編む「野男」の姿は、自らの生き方に独り自問自答を繰り返す求道者のようにも見える。

いつものように朝早く電話が鳴った。「三澤さん、時田だけど。今度さぁ、三百六十五日、毎日、歌を一首以上と短い日記も添えて、書き下ろしの歌集を出そうと思うんだけど、パソコンで原稿整理をしてくれんかなぁ」。

聞けば、その歌集のタイトルは、十勝の開拓期に活躍した農耕馬の品種から取った『ペルシュロン』。発行の予定は翌年の九月で、既に出版社とも合意しているという。

思い立つと即座に広言を吐いて、退路を断ってしまうのが「野男」の流儀であることは心得ていたつもりでも、足掛け二年に及ぶ時田の挑戦に伴走するとなると、私としてもそれ相応の覚悟の要ることだった。

「あのー、宛先はこちらなのですが、差出人の方に、お心当たりはありますか」。顔馴染みの郵便配達員が怪訝そうに包みを見せた。

無理もない。その包みの本体は裏返した大判のカレンダーで、周囲は無数のホッチキスで無造作に止められており、中央には不自然な厚みもある。おまけに宛名は鮮やかな紫色の太いフェルトペンで書かれているのだから、何処から見ても不審物そのものだ。

私は中身が著名な歌人の原稿であることを説明しながら、吹き出しそうになるのを我慢した。

それからと言うもの、小額の切手が隙間無く貼られた虎屋の羊羹の手提げ袋や、ガムテープで固められた特売のチラシなど、異様な定形外郵便物が、ほぼ月に一度のペースで配達されるようになった。

肝心の原稿はというと、原稿用紙に太字の万年筆で几帳面に清書されたものもあれば、空色のチラシの裏に赤ペンで斜めに書かれたものもある。コーヒーカップの底の丸い跡が妙にシュールなＦＡＸの感熱紙。少し黄ばんだ大学ノートの切れ端もなかなか味があった。

私も初めのうちこそ目を見張ったが、慣れるに従って、一葉ごとに「野男」の日日の喜怒哀楽が透けて見えるように思えて、それを愛おしむようになっていった。

そして、時田の挑戦が折り返しを迎えたころ、私の中にある確信が生まれたのだ。

この半年の間、私が向き合って来たものは、机上で詠まれた歌人の歌でも無く、エッセイストの描いた絵空事でも無い。異様な包みも、殴り書きの歌稿も、私の元に届く全てが、北海道十勝の大地から歌を摑み出してゆく「野男」の創作の証だということを。

斯くして、『ペルシュロン』は平成十一年六月五日詠の「一年は三百六十五日といふけれど俺は三千世界を駆けた」という一首を以って完結し、「野男」の農場が馬鈴薯の収穫の最盛期を迎えた九月の末、無事に発刊を見た。

それは、北辺の野良をフィールドとして歌を詠み、物を書く時田則雄という歌人が、現代歌壇に屹然としてあるために、挑み苦悶する姿を最も身近に見続けた一年でもあった。

「時田さんは、もっと怖い方だと思っていましたが、イメージと違うのですね……」。「ＮＨＫ歌壇」

のテレビ収録で佐佐木幸綱と共に出演した際、番組の司会を務めていた女流歌人水原紫苑が漏らしたという感想である。

確かに、現代歌人協会賞を受賞した第一歌集『北方論』以降、「野男」は自他共に認める時田の代名詞として定着した。

赤銅色に日焼けした体軀を汗で光らせ、大農場にトラクターのエンジン音を轟かす。分厚い掌で風雪に抗い、浴びるほど酒を呑み、肉を喰う。豪放磊落にして無骨に描き出された「野男」の姿に、時田の実像を重ねる読者が多いことは、想像に難くない。

しかし、私の知る限り、時田ほどナイーブな感性の持ち主は他にない。時田本人のその自覚こそが「野男」という、もう一人の無敵の自分を創造せしめたのであろう。

時田にとって「野男」は、開拓移民の末裔として十勝の野良を生き抜く男のダンディズムの発露であると思えてならない。

十六歳で短歌を志して六十年、時田は十二冊の歌集を含め二十一冊の著作を世に問うて来た。

そして、この先も命ある限り、親愛なる相棒「野男」と共に「北辺から歌を発射し続ける」に違いない。

解説　ようこそ十勝劇場へ～時田則雄の世界

文芸アナリスト　大金義昭

一幕　樹海

見渡すかぎりの大原始林だ。

鬱蒼と広がる樹海と原野をぬって葉脈のように幾筋もの川が流れている。川は集まって大河となり、波打ち寄せる大海に大蛇のうねりを見せながら雪崩を打って流れ込んでいる。恐ろしいほどに盛りあがる川面に降り注ぐ日の光が乱反射して眩しい。

キラキラと輝く川筋をたどって上流に分け入ると、クマザサに覆われた樹海と原野の中を走る支流や鈍色の光を鏡のようにはね返す湖沼などに寄り添い、ぽっかりと天に開かれた広場が散在する。広場には萱葺《かやぶ》きの家が居並び、紫煙が立ちのぼっている。先住民族アイヌのコタン（集落）だ。

岸辺に迫る原始林が樹影を落とす淀みには木漏れ日が揺れ、大小の魚影が群れている。透明な流れになびく水草をくぐり抜けては、小魚が戯れるように離合・集散をくりかえしている。ヤマメやウグイが跳ねる。いぶし銀の光を放つ巨大な魚体はイトウだ。金環をめぐらす獰猛なまなこやゆったりとした泳ぎは王者の風格だ。背びれを翻すマスの群れも見え隠れする。

燃える秋には、産卵する上流の川底を求めて無数のアキアジ（サケ）が海から川水を盛りあげて遡上する。そのアキアジを待ちかまえるヒグマが森の中に棲息している。ヒグマは浅瀬に踏み込んで水しぶきを上げ、アキアジを豪快に捕食する。仔《こ》を従えたヒグマの巨体は堂々として神々しい。おこぼれにあずかるキタキツネたちがその様子を遠巻きにうかがい、警戒深いエゾシカも水を求めてやってくる。

森の静寂を破るように、鳥のさえずりが響きわたる。

神宿る「恵みの大地」

ここは東に国境《くにざかい》の山地を擁し、北西に二〇〇〇メートル級の連山を配して、南に波荒い大海を望む東蝦夷地に広がるトカプ（トカプチ）。「和人」がのちに「十勝」という文字をあてる台地と丘陵と複合扇状地などから成る広大な樹海と原野だ。

この樹海と原野と大小の河川と沿岸の海を「豊かな宝庫」に、先住民族アイヌは万物に宿るカムイ（神）に感謝の祈りを捧げる互恵関係で結ばれた狩猟・採取、漁撈の暮らしを誇り高く選び、グループや地域を越えて交流し、遠く海を隔てた本州北部やサハリン・千島列島に広がる闊達な交易文化圏を形成していた。

「アイヌの歌人」として知られたバチェラー八重子が、一九三一（昭和六）年に記した小文がある。
（『若きウタリに』岩波現代文庫）

かういふ長閑《のどか》な国《くに》に住《すま》つた吾々《われ〳〵》ウタリの祖先《そせん》は、優美《いうび》に縫《ぬ》ひとりした衣服《いふく》を纏《まと》ひ、あり余《あま》る薪《まき》を焚《た》いて寒《さむ》さを忘《わす》れ、新鮮《しんせん》な魚《さかな》や肉《にく》を満喫《まんきつ》して何不自由《なにふじいう》なく悠々《いう〳〵》と生活《せいくわつ》してゐたのでした。斯《かゝ》る恵《めぐ》み多《おほ》い生活《せいくわつ》を、吾々《われ〳〵》は感謝《かんしや》で暮《くら》し、いつまでも此《こ》の平和《へいわ》が続《つゞ》きますやうにと祈《いの》りながら神《かみ》と家族《かぞく》のために立働《たちはた》らきました。

此《こ》の平和《へいわ》が乱《みだ》され始《はじ》めたのは丁度《ちやうど》今《いま》から五百年前《ねんまへ》、（以下略）

蝦夷地の資源に着目した「和人」の侵略が激しさを増す近世に、アイヌの悲劇は広がった。

朔北の大地に野生児として生まれ育った時田則雄は、義兄（姉京子の夫）でアイヌ民族音楽を調査・研究していた斉藤明の影響を受け、アイヌの歴史や文化に深い関心を寄せている。姉の名は、父親が戦地で出逢って惚れた女の名前だ。時田はときおり書斎の椅子にもたれてアイヌ民謡の歌姫安東ウメ子のイフンケ（子守唄）やムックリ（口琴）の曲などに耳を傾け、野ブドウの蔓が絡みつく大きなガラス窓から庭の雑木を眺め、太古の森の瞑想にふけることがある。

二幕　流民

伊勢国一志郡須川村（三重県松阪市）出身の探検家・松浦武四郎は、「北海道」（北加伊道）の名づけ親として知られる。松浦が箱館奉行所の命を受けて東蝦夷地を踏査したのは一八五八（安政五）年。江戸では幕府大老に就任した井伊直弼による「安政の大獄」が始まっていた。開国をめぐって国論を二分する尊攘派を弾圧。二年後の春に勃発する「桜田門外の変」の引き金になっている。

松浦は十勝の川筋をのぼりくだりし、後に『十勝日誌』や『東蝦夷日誌第七編』を記して「地味すこぶる肥沃」な流域の様相を伝えた。アイヌに親しんだ松浦は生涯に延べ六回の蝦夷地調査をおこなったが、そこで目にしたのは松前藩と幕府の権力や威光を笠に着て資源を収奪する「和人」の乱行だった。

幕府からアイヌとの独占交易権を認められた松前藩の庇護のもとで家臣や商人などがアイヌの暮らしを蹂躙し、利権拡大に狂奔した。一八七〇（明治三）年には「和人」の暴虐を放置する新政府に異を唱え、松浦は開拓使の開拓判官の官職や位階を放りだしてしまった。

押し寄せる「和人」の波

十勝開拓の濫觴期を語るさいに欠かせないのが「晩成社」だ。北海道の開墾に大器晩成を賭けた「晩成社」は、一八八二（明治一五）年新春に静岡県那賀郡大沢村（賀茂郡松崎町）で結成された。

南伊豆の旧家に生まれた依田勉三を中心に、同志一三世帯総勢二七名が横浜から太平洋を北上し、陸行隊と海行隊に分かれて十勝の内陸部をめざす。陸行隊は函館から、海行隊は十勝川を上流に遡り、両隊がオペリペリケプ（帯広）に合流したのは翌春。根雪がとけてフクジュソウの花が咲きはじめていた。一行は胸おどらせて開墾に精をだす。

しかし、その挑戦は長雨や洪水、旱魃・霜害・寒気に妨げられ、バッタの襲来やマラリアの発生、密猟者が放つ野火などにおびやかされて、入植一〇年たらずで瓦解する。社業はそのまま失敗に帰していくが、屯田兵制度が採用されなかった十勝の開拓に与えた独立不羈の精神的影響は大きかった。なにしろ刈り分け道さえないエゾマツ、トドマツをはじめカシワ、ミズナラ、カツラ、ハルニレ、ヤチダモ、ハンノキなどの原始林が広がる樹海や原野への徒手空拳の挑戦だった。

十勝開拓は民間人の力によるところが大きい。官の力をたのまず、大地に根をはって生きる独立心に富んだ十勝人気質がこうして育まれた。

依田とともに「晩成社」の屋台骨を支えた人物のひとりに渡邉勝がいる。渡邉の父は尾張藩徳川家の槍術指南役だった。勝の孫にあたる洪は、十勝歌壇の礎《いしずえ》を築いた野原水嶺が代表する短歌結社「辛夷」の創刊に携わり、長らく編集発行人をつとめている。

野原は岐阜県揖斐郡小島村（揖斐川町）に一九〇〇（明治三三）年一一月に生まれ、二〇歳のときに一家七人と十勝の芽室村に入植後、教職を経て短歌活動に専心。波乱万丈の生涯を送っている。大柄で眉太く眼光鋭い野原は「歌の鬼」と呼ばれた。優れた新人を発掘・育成して「名伯楽」ともいわれている。その「辛夷」に時田則雄は一七歳で入社。一九六四（昭和三九）年一月、東京ではアジア初のオリンピックが迫っていた。

三幕　拓魂

一八八六（明治一九）年新春に北海道庁が開庁すると、「土地払下規則」にもとづく開拓行政が展開された。明治二〇年代には開発後進地域の十勝でも殖民地区画の選定がすすむが、区画地の貸付け解除を待たずに無願開墾者がふえていく。一八九六（明治二九）年の解禁後には、「和人」が刈り分け道をたどって雲霞のごとく押し寄せた。このため、十勝の耕地面積はわずか五年余で一〇〇〇ヘクタール余から一万ヘクタールを上回る一〇倍強に拡大した。

十勝を縦断する道路開鑿も急ピッチですすんだ。工事に動員されたのは、北海道集治監釧路分監の囚人たちだ。その手で十勝分監が建設され、一八九五（明治二八）年春に竣工すると、受刑者一三〇〇名余を収容したこの分監が十勝内陸部の開発にあてられた。使い捨ての強制労働で多数の死者が続出。命がけの脱獄を企てる囚人もあとを絶たなかった。

狩勝トンネルが貫通し、道東と道央が鉄道で結ばれたのは一九〇七（明治四〇）年秋。これで十勝は旭川、札幌、小樽、室蘭、函館といった開発先進地域と一本の鉄路で結ばれる。それまでの十勝は、道内でも隔絶した地域だった。

「原野の街」めざす祖父

明治中・後期の十勝の空気を伝える手記が『日本随筆紀行一』（作品社）の中にある（「ニッポン西部劇〜実感的十勝開拓史」高倉新一郎）。のちに農業経済学者として活躍した高倉の父親も一家をあげて一八九八（明治三一）年に滋賀県甲賀郡土山村（甲賀市）から十勝に入植している。

　父たち一行は、船でまず十勝海岸の広尾についた。が、太平洋の荒海に波止場もない。船べりに並んで待っていると、波のまにまにハシケと船が並んだ一瞬に、船頭が客のえり首をつかんでヤッと投げ落とす。そんな放れ業を演じて、やっと北海道のへりに取りついた。

　そこから帯広までは馬でゆく。前の馬の尾と次の馬の鼻づらを綱でジュズつなぎにした、さしずめ馬列車だ。道といっても、邪魔な木だけ切ってならした程度の刈分け道路、いわば密林の中のトンネルである。しかも先頭をゆく馬子がとっ拍子もない声で歌をうたいつづける。なぜかと聞くと、クマよけのサイレン代りだというあいさつだ。（中略）

　こうしてやっと帯広についた。広い幹線道路の両側三〜四丁ばかりに、低い家がぽつんぽつんと

ならんだ程度の町だったという。（中略）
私がもの心ついたのは、明治四〇年ごろからで、すでに鉄道も通じ、学校も、芝居小屋も一通りそろった町であった。（中略）
こういうにわか町に、たちまち出現して市街地らしい格好をつけるのが、料理屋、そば屋、宿屋、掛け小屋、遊郭といったものだ。このそば屋は、そばは売らないアイマイ屋である。この連中はみな漁場や炭鉱地帯にナワ張りをもつ親分衆の杯をいただいたヤカラ。サイコロをたもとに、できたての道路をつっ走って、ウァーとばかりになだれこんだ。
北辺無宿の荒くれ者が跋扈し、機転と目端をきかせた奸計が「生き馬の目を抜く」ようにまかり通った開拓地では、「和人」同士でさえ正直者が泣きをみたから、アイヌはいよいよ窮地に追い込まれた。

土けむりが舞うそんな原野の街に、時田則雄の祖父仁三郎は単身で姿をあらわした。周囲を疎林に取り囲まれた火山灰地がむきだしの街には、耳をつんざく槌音が随所で空高く響いていた。

四幕　一族

一八七九（明治一二）年一月生まれの仁三郎が、ニシン漁で財をなした網元で「余市郡一」といわれる大地主にのしあがった従兄弟小父（いとこおじ、従祖父とも書く）藤吉にあずけられたのは、父親の市郎左衛門が一八八一（明治一四）年に四一歳で早世したからだった。藤吉は手広く廻船業なども営んでいた。市郎左衛門の五つ下で三五歳になった妻キヨが日本海を往来し、二歳になった三男の仁三郎を夫の従兄弟《いとこ》の手にゆだねる。

往時の後志《しりべし》で名を知られた藤吉は、仁三郎の祖父市良左衛門の妹トメの息子で、トメは仁三郎の大叔母にあたる。

ちなみに余市にはいまも、藤吉の持ち山だったといわれる標高一一〇メートル余の「時田山」がある。藤吉の孫民治は一八九二（明治二五）年八月に生まれ、東北帝国大学農科大学農学科第二部を卒業すると農会技手になり、のちに道庁に転じて小作官や農業試験場長、農地部長などを歴任。戦後になって『北海道開拓地農業提要』や『北海道の開拓地農業』などの著作にも力を注いだ。

時田家は新潟県刈羽郡石地村（柏崎市）で慶長年間に遡る旧家だったが、市郎左衛門の父も祖父も早世し、三代つづく不幸に見舞われた。キヨは同村の庄屋灰野小右衛門の四女に生まれている。従兄弟小父の藤吉のもとで「時田本家の『位牌持ち』」と言い含められて成長した仁三郎は、小樽の雑穀問屋につとめて帳付け（経理）や相場の知識を学ぶと、一旗あげる野心を抱いて帯広をめざす。十勝が雑穀の主産地として脚光を浴び、帯広がその一大集散地として商戦のメッカになり始めていたからだ。一八九八（明治三一）年、仁三郎は一九歳になっていた。

同年には、先に紹介した高倉新一郎の父親も家族を伴って滋賀県から帯広に移り住んでいる。明治三〇年代の帯広は、移住者の開拓ラッシュで騒然としていた。十勝に流入する移民の数は二〇年代のおよそ一〇倍に達し、一〇年間で三・二万人余にふくれあがった。

道内はもとより遠く内地から押し寄せる移民の群れに加わり、仁三郎は手始めに質屋に挑むが、育ちのいい青二才だから思うように成果があがらない。質草に馬や襁褓《むつき》や御櫃《おひつ》まであずかる始末だった。しかし、仁三郎はへこたれない。「成功したら迎えをやる」と言い残してきた婚約者が待ちきれずに押しかけると、「破談」を言いわたして追い返し、みずからの覚悟を決めている。

海千山千と渡り合う仁三郎を、余市に控えて後ろ盾となった従兄弟小父の藤吉が陰に陽に支えたことは間違いない。一九〇二（明治三五）年には妻女となるシンを郷里の石地村から迎えた。一八八五（明治一八）年二月生まれのシンはこのとき一七歳。ポンポン船に飛び乗り、出雲崎から日本海を北上して津軽海峡を横切り、襟裳の沖を経て十勝川の河口部にある大津に上陸。そこから馬に揺られ、ようよう帯広にたどりつく。原野はタンポポの花ざかりだった。

シンを娶った仁三郎は一五ヘクタールの農地を手に入れ、地道に「百姓」として生きる道を選ぶ。郷里から母親キヨも呼び寄せた。

仁三郎は雑穀の生産者として持ち前の才覚をいかした。農業のかたわら肥料の商いや金貸しなどにも手を広げて周囲から「時田銀行」と呼ばれるようになる。ときには担保なしの「信用貸し」などもやり、やがて八〇ヘクタールの農場主になった。

大正初期には村会議員を二期つとめたが、一九三九（昭和一四）年一月に享年六一で病没。「頭脳明晰で男前。算盤を両手の指を同時に使ってはじいたという伝説の持ち主」だった。地元の小学校用地を無償で提供する太っ腹でもあった。このために地域では親しみを込め、この小学校をのちのちまで「時田学校」と称した。酒に呑まれたことのない酒豪だった。しかし、それがたたった。シンとの間には五男五女をもうけている。

この祖父に、時田則雄はあこがれた。時田が生まれる前に亡くなっていたこともある。祖母や親族から聞かされた逸話も時田の心をおどらせた。小柄な祖母は時田を猫の仔のように可愛がった。享年九七で一九八一（昭和五六）年一二月に「南無阿弥陀仏」を唱えながらこの世を去った祖母にとっては、根っからの野生児である時田が秘蔵の孫だった。夫仁三郎の遺志を託す農場三代目の後継者を育む祖母のつとめは、その点でみごとに成功する。まめで倹約家で賢い女性だった。

分け合う「漂泊」の旅

祖母が亡くなった冬の夜、時田は父良三が泣く声を初めて聞いた。三男の良三は、長兄が夭逝し、次兄が病身だったために二代目を継いでいる。

一九一三（大正二）年三月生まれの良三は、隣村の中札内村東戸蔦に入植していた三浦ナツの三女トミワと一九四三（昭和一八）年二月に結婚。三浦一家は放蕩を尽くした大黒柱の與兵衛が病没し、寡婦となったナツが七人の子どもを引き連れてナベ・カマを背負い、山形県北村山郡宮沢村（尾花沢市）から次女の嫁ぎ先である中札内村に移り住んでいた。

良三に嫁いだトミワは、一九二三（大正一二）年二月生まれの二〇歳。良三とは一〇歳ちがいだったが、東京で銀行頭取の私宅に住み込み、行儀見習いをした経験を持つ「しっかり者」だった。戦前・戦中の良三は延べ一〇年余にわたり繰り返し兵隊に引っぱられ、大陸の戦場を転戦し敗戦後に復員している。トミワは大家族にまじってみずからも馬の尻を叩き、必死になって農作業に励み「銃後の農村」を守った。のちに「肝っ玉かあさん」となる器量が結婚当初から鍛えられた。

時田は、良三・トミワの長男として在所の河西郡川西村（帯広市別府町）に生まれる。一九四六（昭和二一）年九月、マメの収穫に追われていた良三が役場に出生届を出したのは生後一〇日後のことだ。後年に、時田はこう記している。（『樹のように　石のように』十勝毎日新聞社）

母が姉を産んだときは初産だったので祖母が産婆さんの役をしてくれたという。だが私のときは祖母の手をほとんど借りなかったそうだ。生前、母はよくいっていた。「お前はなかなか生まれて来んかった。だから陣痛が激しかったわ。で、やっと頭が出てきたとき、わしはお前のその頭をつかんで引きずり出したんよ」。

　私が産声を上げた場所は仏間。男の子が生まれたというのを聞いて、父もオジもオバも豆刈りを休止して見に来たという。父は私を眺め、「オ！　男か。よかった」と大喜びしたそうだ。

　時田が生まれた帯広市別府町は、一八九八（明治三一）年に岐阜県本巣郡穂積村別府（瑞穂市）の農民一三戸がこの地に団体入植し、初めて鍬をおろしたところからつけられた地名だ。

五幕　烈風

　時田が帯広畜産大学別科（草地畜産専修）を修了して就農したのは二〇歳の春。「離農の嵐」が吹き荒れる一九六七（昭和四二）年だった。圃場は戦後の農地改革などで二一ヘクタールに減っていた。これには未墾地の原野なども含まれる。

　十勝では、一九六〇（昭和三五）年から一九八〇（昭和五五）年の二〇年間に農家戸数が半減し、二万三二〇〇戸から一万一七〇〇戸に激減している。戦後の食料増産を支えた小農保護政策に代わって、農業の近代化を促す農業基本法が一九六一（昭和三六）年に登場。選択的規模拡大や離農促進、農林水産物の貿易自由化、農工間の生産性・所得格差の是正などが推しすすめられていくからだ。

　農家を間引き、農村の安い労働力を都市に吸引して経済の高度成長をはかる基本法農政が、十勝ではおびただしい数の「挙家離農」を生みだした。この間の事情を報告した『離農〜その後、かれらはどうなったか』（天間征編著・NHKブックス）がある。

昭和四〇年代初め頃だったろうか、誰がいいはじめたともなく「ゴールなき拡大」という言葉が十勝農民の口の端にのるようになっていた。この言葉の背後には、いったいどこまで農業の規模を拡大していったら安心できる経営になるのかという農民たちの焦燥感、規模拡大に合わせて雪だるま式に増えていく借金の重圧に堪えられなくなった農民の苦悩が秘められている。（中略）三、四年に一回は忘れずに来る冷害、押しよせる大型機械化農業の波、貿易の自由化によって実質的に下落してくる農産物価格、都市との間でますます開いてくる生活格差といった環境のもとで、たえざる規模拡大こそが十勝農民の唯一の延命策でもあった。（中略）

猟犬の嗅覚をもって、農民たちは次は誰が離農者となるかを知っていた。他の農家より少しでも早くそこを訪れ、他の農家より少しでも高い土地価格を申し出た農民のみが、この規模拡大競争の勝利者となったのである。（中略）

農村の人々の人間的絆《きずな》は都会のそれと比べものにならないほど強い。ともに冷害に泣き、ともに豊作を喜びあう運命共同体として結びつけられている人々である。しかし、明日のわが身を考えれば、友の離農の感傷にひたってはいられない。村での送別会で離農者の家族と手をとりあって泣くことはあっても、また村のあちこちで開かれる離農者の家財整理のオークションで、次々とせりにかけられる思い出の品々のかたわらで、涙ぐんでいる夫婦を眺めるとき、熱い想いが彼らの身内を貫くことはあっても、誰が明日はわが身のことにならないということができようか。農民たちは努めて離農にドライな態度をよそおうとする。

吹き荒ぶ「離農の嵐」

「去るも残るも地獄」といわれた「ゴールなき拡大」競争が若い時田を呑み込んだ。負けるわけにはいかない。祖父仁三郎を乗り越えたいという幼いころからの夢もある。二代目の良三はその日を待ち望んでいたように引退。農場の経営権が若い時田の手にゆだねられた。「脱落農家の墓標の上で」の生存競争は、時田の宿運だった。

　丘の傾《なだ》りのマッチ箱のような家があっという間に取り壊されて灰になり、翌春、そのなだりは馬鈴薯の白い花が一面咲きあふれた。昨年はメークインの薄紫の花があふれていた。（中略）臼や鍋、釜、茶簞笥などを積んだ大型トラックが、雪けむりをまきあげて去って行く寒い光景がいまでもまぶたに焼き付いて離れない。

（『北の家族』家の光協会）

　父からすぐに経営を任された私にとって、5年間の計画書作成は大いに役に立った。農業はもうけが薄いということを知ることができたからだ。例えば当時、5ヘクタールの売上額は新品の中型乗用車の値段と変わらなかった。だから車は40歳くらいまでは中古しか買わなかった。買うのなら土地。借金をしてでも土地だった。土地は利益をもたらしてくれるからだ。

　しかし、（中略）土地には開拓初代の人々や、前所有者の汗と血と生活が染み込んでいるのだと思うと、買った後、何年たっても後ろめたさを拭いきれないのも事実。

（『樹のように　石のように』十勝毎日新聞社）

時田の胸中は複雑だった。

時田が北海道旅行に来ていた田野幸子と出逢ったのは偶然だった。指圧師に通う母親の送迎で暇つぶしに立ち寄っていた帯広市街の喫茶店主から呼びだしがかかった。詩をつくる年嵩の店主とはよく気が合った。「ちょっと来てみないか」という誘いだった。一九七二（昭和四七）年九月。趣味が読書と植物観察という二人は初対面で意気投合し、その年の暮れには電光石火の結婚。時田が二五歳、一九四一（昭和一六）年九月生まれの幸子は三〇歳。五つ年上だった。幸子は千葉市のサラリーマン家庭に長女として育ち、東京で芸能プロダクションにつとめていた。

夫婦には二人の娘が生まれた。姉妹は東京に遊学。やがてそれぞれに帰郷して就農する。一九七三（昭和四八）年九月生まれの長女真理子は横浜育ちの青年と結ばれたが、「自慢の息子」になった青年が就農四年後に思わぬ疾病で急逝する。三歳下の次女真澄が就農したのは二〇一四（平成二六）年三月だった。岡山生まれの青年が次女の同伴者だ。時田はこの青年に四代目の経営を託す。次女夫婦にはその後三人の男児が生まれた。この間に良三が享年九一で逝き、トミワもその一〇年後に同じく享年九一で鬼籍に入った。二人とも曾孫の顔は見ていない。

確実に訪れる季節を追いかけ、十勝の畑作は気の休まる暇がない。短い春が酷暑の夏に変わり、冷涼な秋が一気にやってくる耕作適期はあっという間に過ぎていく。毎日が移り気な天気との睨み合いだ。土壌が凍結する厳寒期は「冬眠」を余儀なくされるから、豊凶を決する一年の勝負は「半年で決まる」といわれてきた。「カラスのように貪欲にスズメのように忙しく」飛び回り、右顧左眄の余地なく、感傷も無用の長物だ。その繰り返しで「がむしゃらむしゃら」に歳月を重ねてきた。

この間に十勝の農家戸数は一九八〇（昭和五五）年の半数を下回って現在およそ五〇〇〇戸に減少し、平均耕作面積は四〇ヘクタールを超えた。時田も周辺の離農跡地を買い取って圃場を倍増し、生き残った農家に肩を並べてきた。しかし妻幸子が体調を崩したころから、ブルドーザーのように働いてきた半生をふり返って時田は思う。食糧基地の十勝といえども、いや専業地帯の十勝であればこそ、これ以上の闇雲な規模拡大や貿易の自由化などが家族農業や地域社会を崩壊させかねないと。つのる危機感から警鐘も鳴らしている。

ポロシリに託す「夢」

時田がペンション風の大きな家を新築したのは一九八二（昭和五七）年一二月だった。就農一六年目の冬。この年の夏には樹木に惹かれて帯広市岩内町に天然林とカラマツの人工林が育つ二五ヘクタールの山林を取得した。三〇代半ばの働き盛りだった。十勝の四季に魅せられていた妻幸子も山林の購入に賛成している。言うまでもなくシン、トミワ、幸子と続く女三代がはたしてきた暮らしの「羅針盤」の役まわりは大きい。

圃場に隣接した宅地は、廃校になった小学校の跡地だ。祖父仁三郎が無償で提供した用地を時田が買い戻した格好だ。その名残だろう。表玄関には二宮金次郎の銅像が佇んでいる。折々に新植した庭の雑木が、いまは「時田の森」と笑われるほどに成長し、エゾリスの一家が棲みついたり、小鳥が戯れたりしている。エゾリスは飼いネコに捕食されたあとしばらく姿を消していたが、どこから迷い込んできたのか三頭のエゾシカを見かけた春もある。エゾフクロウがイチョウの枝に止まり、時田の書斎をのぞき込んでいた秋もあった。

雑木はコブシ、シナノキ、ニレ、カラマツ、ナナカマド、イタヤカエデ、クルミ、スモモ、エゾノウワミズザクラ、ニセアカシアなどが伸び放題に伸びている。

洋風の外観をみせる二階建ての母屋にはいま時田夫婦と長女が暮らし、広い敷地には新宅に次女の家族が独立して住んでいる。味噌汁が冷めない距離だ。

はるか彼方に日高山脈の秀峰ポロシリ（十勝幌尻岳）を望み、鮮烈な四季が彩りをみせるこの屋敷が時田は好きだ。「ヤマザル」のように育ったと自負する時田の心が落ち着く場所だ。二五キロ隔ててどっしりと居すわったように聳える標高一八四六メートルのポロシリは時田の同志だ。朝な夕なその雄姿を眺め、時田は自らを発奮させてきた。

七幕　野男

時田は「農文一体」の暮らしを信条にしている。一〇代後半に石川啄木に魅せられて以来親しんできた短歌を主軸に、晴耕雨読の「生涯連作」を続けてきた。ただ、時田の短歌は自己を慰藉する「悲しき玩具」ではなく、つねに頼りがいのある「同行者」でありつづける。「自己凝視と幻想の装置」として「自己肯定」を強く促す杖や鉄棒《かなぼう》の役割をはたしてきた。

「野男」は時田の造語だ。原野に生まれ育ち、馬車馬のように大型機械を駆使して広大な火山灰地と格闘し、コムギ、ビート、マメ、カボチャ、バレイショ、ニンジン、ゴボウ、ナガイモ、スイートコーンなどの種をまいて育てる「百姓」を謂《い》う。十勝の畑作は「連作障害」を避ける「輪作」が鉄則だ。小・中学生にもわかる明快な時田の歌はそんな「野男」の暮らしから生まれている。

一八六四（元治元）年九月生まれの伊藤左千夫に「牛飼《うしかひ》が歌よむ時に世のなかの新《あらた》しき歌大いにおこる」という歌があるが、時田の歌は近・現代短歌史上「時田の前に時田なく、時田の後に時田なし」といってよい独自の世界を展開し、他の追随や模倣を許さない。日高山脈に聳え立つ秀峰ポロシリのように、時田のばあいは孤高の独立峰として歌壇に屹立する。

剛毅で大胆な「系譜」

芭蕉の俳諧精神などに依拠して「象徴」を説いた太田水穂の流れをくみ、個性を重んじた結社「辛夷」では、野原水嶺や中城ふみ子、大塚陽子など大胆で情熱的な先達の歌人にも恵まれた。歌集『乳房喪失』を遺《のこ》して一九五四（昭和二九）年八月に三一歳でドラマティックな生涯を閉じた中城との直接の出逢いには恵まれなかったが、中城の悲鳴にも似た壮絶な歌の光景は時田の胸に刻まれる。

大塚は一九三〇（昭和五）年七月に樺太庁敷香《しすか》郡敷香町（ロシア連邦サハリン州ポロナイスク市）に生まれ、戦後は両親の故郷である北海道で小学校の代用教員などの職を得、後年に短歌の師である野原に入籍して結社「辛夷」の機関誌発行を支えた。中城に比肩する大塚の自由で奔放な詠風も早くから高い評価を得ている。大塚の大らかな人柄は、時田をして「大陸的」といわせるほどに豪放磊落だった。

三人の先達を語って時田がしばしば引用する歌がある。歌の主な舞台はかつて戯曲『火山灰地』の冒頭に劇作家久保栄がしたためたような「日本の北の涯《は》ての農業都市　どこよりも雪融《ど》けが遅く　どこよりも霜の早く来る平原のなかに」ある「一粒の穀物のやうに小さな市《まち》」帯広だった。

〈野原水嶺〉

グラジオラスの開きかかりし緋の花序がひだり側にあり夜の灯を消す

雫二つあひ寄りふくれ極限にいたるとみればひらめきて消ゆ

こちらからも野火を放てばよろこびて火はわが拓地一帯に燃ゆ

神は不在の北限なればひとの妻をうばひきて移民の村おこしをり

ブラッキストン線以北は農政以前にて移民をはこびきては捨てゆく

〈中城ふみ子〉

赤の他人となりし夫よ肌になほ掌型《てがた》は温《ぬく》く残りたりとも

母を軸に子の駆けめぐる原の書木の芽は近き林より匂ふ

音たかく夜空に花火うち開きわれは隈なく奪はれてゐる

冬の皺よせゐる海よ今少し生きて己れの無惨を見むか

凍土に花の咲かずと嘆く半歳はおのれが花である外はなし

〈大塚陽子〉

花のごとく黙してありぬ花のごとくかをりてありぬ命の奥に

日に朱きなかまどの実われはまだ君を殺めるまでに到らず

克明にをみなひとりの身悶えを見ませと月にカーテンは引かず

あたたかくもの煮て母が待てるなど思ふことなく抱かれてありき

七月生れわれはひまはり陽を追ひて陽に向きて七月のわれはひまはり

八幕　夢譚

かくて峻烈な北緯四三度圏に生きる何ものにも縛られない剛毅な歌の数々が時田からも堰を切ったように溢れだす。そのきっかけになった佐佐木幸綱の言葉がある。「短歌を敗者の所有物にゆだねてはならない。きびしく人間を肯定し、人間の健康さをはげしくうたいあげる基礎的な、しかし根本的な作業を僕らは為してゆかなければならない」（「奪いかえせ」『早稲田短歌』）などと佐佐木が二〇代に表明した「言挙げ」だった。

風雪の大地に挑む時田の歌心《うたごころ》に火がつく。第一歌集『北方論』で独創的に開眼し、あとは一気呵成に『緑野疾走』『凍土漂泊』『十勝劇場』『夢のつづき』『ペルシュロン』へと爆走する。三〇代半ばから一八年余のことだ。第六歌集『ペルシュロン』は佐佐木の『呑牛』に触発され、一年「三六五日連作」に挑んで六〇六首を収録している。ペルシュロンはフランス原産の体量豊かな農耕馬だ。大型のものは体高一六〇～一七〇センチにもなる。

その後の一八年余も時田は『石の歳月』『野男伝』『ポロシリ』『オペリペリケプ百姓譚』『みどりの卵』『エゾノギシギシ』と断続的に骨太の歌集を編む。しかし、歌集の数などどうでもよい。時田が「家族農業」に酷薄な時代と対峙し、何をどのように歌い、どのように変化し、変化してこなかったかが「生涯連作」を標榜する時田の真骨頂だ。その精髄を、時田自身が精選した本書の集成から読み取っていただきたい。

夢と現実の「架け橋」

「いのち」を育み、「いのち」を奪う。「百姓」に定年はない。「願わくはかげろうの漂う畑でポックリと逝けたらいい」というのが若いころからの時田の本望だ。土から生える半醒半酔の「煙のような人生」を凍土につなぎとめる杭のはたらきをしてきたのが祖父仁三郎の幻影だった。

時田は自作の歌により幻影の祖父と交信・交感し、「野男」を生きる有形・無形の力を手にしてきた。地上の生を超えて存在する祖父をうやまい、祖父を招き、祖父を降ろし、祖父を動かす。歌は祖父を身近に呼び寄せる巫術のようなものであり、時田の日常を祝祭化する祝詞や祭文のようなものだ。

姿なき祖父の姿を見、声なき祖父の声を聴く。「野男」の世界は時空を超えて幻影の祖父と交《かわ》しあう「大いなる愛」を核に成りたっている。言いかえれば、祖父は沈黙したまま極北に煌《きら》めく星のように時田を見守り、原野の記憶や朔北の四季を五体に埋め込んで生きる時田を愛し励ます。あるいは神のように時田を支える「掟」になって、時田の身辺に生きつづける。幽明の境を越え、祖霊（死者）を支えに生きる生者の世界がそこにはある。死者を生者に結びつける魂の互恵・贈与関係を架橋する祈りのような行為が歌うことだった。

森羅万象と縁故関係をむすんで奔放に交信・交感し、時田が親和的な視線を注ぐ樹木や石などが同化作用をひきおこして、あたかも霊魂を宿したかのように象徴的にたち現れる事情もそこから生まれる。カムイに感謝の祈りを捧げるアイヌ文化と「野男」を生きる時田の歌の世界との近似性がここに生じ、人びとはその独自の世界観を時田のアニミズムやロマンティシズムと称してきた。

時田の歌には破天荒な特質がある。ひとつにはたとえば無味乾燥な数値や無機質の大型農機具などに「いのち」を与えて異化効果をもたらし、無骨でありながら洗練された両義的な詩的言語に転位させている。言いかえれば、歌に馴染みのない言葉に息吹を吹き込み、新しい風景を発見している。さらには奇抜な構想力が生む飛躍や転換などを介し、虚実皮膜の物語を織りまぜて「野男」独自の象徴的な世界を出現させている。口語を駆使した平明な調べも特質のひとつだ。

同化・異化を自在に生成して意表をつくこのような特質は、「いのち」を育み、「いのち」を奪うアンビバレントな農業を生業とする時田の内に秘めたナイーブな感性や繊細なヒューマニズムから生まれている。いまはなき「肝っ玉かあさん」のトミワから、時田はつねに「おまえは『根性よし』だから」と諭《さと》されてきたくらいだ。「根性よし」とは「人がいい」「優しい」「お人好し」といったお国訛りだ。根が正直でまじめなのは、道産子《どさんこ》に共通の美質でもある。

そんな「根性よし」が「われをたのみに生きてゆく」。そのために「野男」の流儀は生まれた。時田にとって「野男のうた」は、みずから「きびしく人間を肯定し」「百姓」として生きる模糊とした現実に確かなかたちを与えるテキストなのだ。「大地に食らい」ついて生きていくべき時田が「足の裏から十勝を吸収し、赤い血が流れているにんげん節をうたい続ける」ゆえんがここにある。

その時田も、もうすぐ喜寿を迎える。先のことはわからない。

「家族農業」が衰退する戦後史を考え合わせるとき、厳選された「野男のうた」の一首一首から、読者はどのような風景を垣間見るのだろうか。「いのち」と「食」と「平和」の礎《いしずえ》ともいえる「家族農業」の価値ある風光が広く伝わる機会になれば、歌人時田の冥利に尽きるのではないか。

〈主な参考文献〉

『北の家族』（家の光協会）『樹のように　石のように〜ポロシリ庵雑記帖』（十勝毎日新聞社）『野男の短歌流儀』（本阿弥書店）『陽を翔るトラクター〜農文一体』（角川書店）『アイヌ近現代史読本』（緑風出版）『アイヌの歴史〜海と宝のノマド』（講談社）『アイヌの碑』（朝日新聞出版）『街道をゆく』（朝日文庫）『熊牛原野』（広報新書）『十勝人』（北海道新聞社）『北海道〜自然と人』（築地書館）『北の山』（中公文庫）『講座　日本の社会と農業①日本のフロンティアのゆくえ　北海道編』（日本経済評論社）『野男のフォークロア』（砂子屋書房）『北海道農業論』（日本経済評論社）『北海道探検記』（朝日新聞出版）『北海道　鉄道百年』（北海道新聞社）『北海道の農業と農民』（札幌学院大学）『北海道農業の思想像』（北海道大学図書刊行会）『北海道農業の進路』（明文書房）『北海道の農村社会』（日本経済評論社）『北海道の旅』（新潮文庫）『北海道の歴史』（北海道新聞社）など。

自作略年譜

明治十二年（一八七九）

祖父仁三郎、一月、新潟県刈羽郡石地村にて時田市郎左衛門・キヨの三男として生まれる。父の没後、北海道余市で網元と廻船業を営む従兄弟小父時田藤吉のもとで暮らす。三十一年、下帯広村（現帯広市）で質屋開業。三十五年、細山シンと結婚。数年後、現在の帯広農業高校の近くに農地を十五ヘクタール取得して農業を営み、後に八十ヘクタールの地主となる。昭和十四年（一九三九）没。享年61。

明治十八年（一八八五）

祖母シン、二月、新潟県刈羽郡石地村にて細山音造・チヨの次女として生まれる。時田仁三郎との間に十人の子供が生まれる。

大正二年（一九一三）

父良三、三月、河西郡帯広町にて仁三郎・シンの三男として生まれる。約十年従軍。

大正十二年（一九二三）

母トミワ、二月、山形県北村山郡宮沢村にて三浦與兵衛・ナツの三女として生まれる。

昭和二十一年（一九四六）０歳

則雄、九月二十四日、北海道河西郡川西村（帯広市）字別府に生まれる。父良三、母トミワの長男。二歳上に姉京子がいる。

昭和二十八年（一九五三）6歳

川西村立別府小学校に入学。日高山脈を指差し、母に「あの山が欲しい」と言った。

昭和二十九年（一九五四）7歳

八月、中城ふみ子没。31歳。小学校長斉藤米太郎（考古学者）の書斎の本を眺め、将来は農業をしながら本に囲まれた生活をしたいと思う。

昭和三十一年（一九五六）9歳

詩や俳句を詠んだり童話らしきものを書く。

昭和三十四年（一九五九）12歳

帯広市立川西中学校に入学。在学中、走り高跳びで大会（地元）新記録を二度樹立。

昭和三十六年（一九六一）14歳

農業と他産業との所得格差の是正、農業生産の選択的拡大などを盛り込んだ農業基本法施行。以後、十勝は離農の嵐が吹き荒れる。

昭和三十七年（一九六二）15歳

帯広農業高等学校に入学。十月、図書室で石川啄木の歌集と出合い作歌を開始。在学中、ハンマー投げで北海道大会に二度出場。石坂洋次郎、尾崎士郎、富田常雄らの小説を愛読。

昭和三十八年（一九六三）16歳

「短歌」八月号に一首入選。十月、舟橋精盛編集の「鴉族」入会。

昭和三十九年（一九六四）17歳

一月、野原水嶺代表の「辛夷」に入会。水嶺に作歌態度を学ぶ。一月、中山周三編集発行の「原始林」入会。

昭和四十年（一九六五）18歳

帯広畜産大学別科（草地畜産専修）に入学。口語や自由律の歌を詠む。同人誌に小説を発表。

昭和四十一年（一九六六）19歳

十月、家畜人工授精師（牛）の免許取得。十二月、「原始林」退会。

昭和四十二年（一九六七）20歳

大学修了、父の跡を継ぎ就農し、経営を任される。経営面積は未墾地を含めて二十一ヘクタール。主な作物：砂糖大根、小麦、大豆、小豆、食用馬鈴薯。

昭和四十三年（一九六八）21歳

一月、「鴉族」退会。三月、高瀬一誌編集発行「短歌人」入会。

昭和四十四年（一九六九）22歳

三月、「短歌人」退会。六月、北海道大学演劇研究会公演のB・ブレヒト作の寓話劇「セチュアンの善人」を観て感動し、演劇に興味を抱く。

昭和四十五年（一九七〇）23歳

帯広市農業青年団体連合会の機関誌「舌鋒」三号に戯曲「西暦二一六九年」を発表。翌年、成人の日に「S・H眼鏡をかけた男の話」と改題して旧帯広市民会館で上演。夏、義兄にともなって帯広市内の日新会館にアイヌ音楽の収録に行く。

昭和四十六年（一九七一）24歳

「ニューカントリー」十月号にエッセイ「時間を食べよう」を執筆、初めて原稿料をもらう。この頃からアイヌ文化に興味を持つようになる。冷害凶作。以後、五、六年に一度不作、凶作に見舞われる。トラクター四十五馬力を二軒共同で購入。

昭和四十七年（一九七二）25歳

十二月、田野幸子（千葉県生まれ）と結婚。

昭和四十八年（一九七三）26歳

九月、長女真理子誕生。トラクター四十五馬力を個人で所有。

昭和五十年（一九七五）28歳

愛馬（ペルシュロン）売却。

昭和五十一年（一九七六）29歳

梅原猛校注・現代語訳（講談社文庫）の『歎

異抄』と出合い熟読。九月、次女真澄誕生。長芋の栽培を始める。

昭和五十三年（一九七八）31歳

七月、第十四回中城ふみ子賞受賞（辛夷社内賞）。

昭和五十四年（一九七九）32歳

夏、農事組合の仲間とタイの農村視察。十月、「辛夷」編集委員となる。

昭和五十五年（一九八〇）33歳

三月、山名康郎編集発行の「潭」入会。南瓜三ヘクタール栽培。十二月、「一片の雲」五十首により第二十六回角川短歌賞受賞。この頃から講演を頼まれる。

昭和五十六年（一九八一）34歳

一月、北海道新聞コラム「朝の食卓」執筆開始（三年間）。十月、第一歌集『北方論』（佐佐木幸綱解説・雁書館）刊。岩田正、馬場あき子、三枝昂之、今野寿美来宅。十一月、帯広市文化奨励賞受賞。十二月二日、祖母シン没。享年97。

昭和五十七年（一九八二）35歳

二月、中田美栄子「辛夷」入会。五月、「芸術文化に活躍した人びととの懇親のつどい」（総理大臣官邸）に招待される。六月、『北方論』により第二十六回現代歌人協会賞受賞。翌年、同会会員となる。八月、帯広市岩内町の山林二十五ヘクタール取得。八月、冨士田元彦・小紋潤来宅。「明るい農村」（ＮＨＫ）に出演。佐佐木幸綱来宅。十一月、「'82現代短歌シンポジウムin東京」にパネリストとして参加。十二月、家を新築。十勝文化会議（平成十一年ＮＰＯ十勝文化会議となる）理事となる。

昭和五十八年（一九八三）36歳

帯広市森林組合理事となる（五期十五年）。五月、「懇親のつどい」（総理大臣官邸）に招待される。八月、第二十五回辛夷賞受賞。「テレビコラム」（ＮＨＫ）に出演。十月、野原水嶺没。享年82。

昭和六十年（一九八五）38歳

九月、第二歌集『緑野疾走』（雁書館）刊。

十月、大金義昭来宅。

昭和六十一年（一九八六）39歳

『私の中の原風景』（北海道新聞社編）にエッセイ「単独移民の孫」を収録。北海道立農業大学校外来勤講師となる（平成十九年まで）。

十二月、第三歌集『凍土漂泊』（雁書館）刊。

この年から平成六年（一九九四）、ガット・ウルグアイラウンド。一二三カ国が参加して、あしかけ八年にわたる多国間貿易交渉が行われる。

昭和六十二年（一九八七）40歳

十一月、『凍土漂泊』により第二回北海道新聞短歌賞受賞（以後同賞選考委員）。

平成二年（一九九〇）43歳

七月より「家の光」読者文芸選者を佐佐木幸綱と隔月で務める。

平成三年（一九九一）44歳

二月、「潭」退会。六月、『現代の短歌』（高野公彦編・講談社）刊に作品三十首収録。七月、第四歌集『十勝劇場』（雁書館）刊。八月、齋藤史、大塚陽子、山名康郎と十勝川温泉一泊。十二月、大金義昭著『野男のフォークロア　極北の歌人・時田則雄と農をめぐる世界』（砂子屋書房）刊。

平成四年（一九九二）45歳

四月、日本文藝家協会会員となる（伊藤桂一・司馬遼太郎推薦）。五月、「テレビ生紀行―大地萌ゆる頃―十勝平野を行く」（ＮＨＫ）に出演。八月、大塚陽子の跡を継ぎ「辛夷」編集発行人となる。

平成五年（一九九三）46歳

五月、帯広畜産大学非常勤講師となる（当年）。七月、『農に吹く新しい風』（嵐山光三郎編・家の光協会）刊にエッセイ「十勝の青空の下で生きる」収録。妻が大病を患う。十

月、現代短歌文庫⑭『時田則雄歌集』（砂子屋書房）刊。

平成六年（一九九四）47歳

「歌壇」十月号、「今月のスポット」に登場。「鰯雲」二十首、自選百首、自筆年譜。時田則雄論「混沌を吐く深海魚」菱川善夫。八月、晋樹隆彦来宅。長芋、大豆、小豆の栽培をやめ、小麦と澱粉原料馬鈴薯を栽培し、一人で農作業をする。

平成八年（一九九六）49歳

四月、三澤吏佐子「辛夷」入会。「いのちを育む大地へのうた『短歌賞』」の選者を馬場あき子、佐佐木幸綱と共に平成十九年（二〇〇七）まで務める。

平成九年（一九九七）50歳

「オホーツク文学館短歌賞」の選者を平成十七年（二〇〇五）まで務める。三月、十勝文化賞受賞。北海道新聞日曜文芸選者となる。五月、第五歌集『夢のつづき』（砂子屋書房）刊。夏頃、福島泰樹来宅。九月、「ラジオ深夜便」（NHK）に出演。

平成十年（一九九八）51歳

五月、中城ふみ子会事務局長となる（現在顧問）。七月、帯広大谷短期大学公開講座で菱川善夫と対談（「ことばの〈北方論〉――農のことばが羽撃くとき」）。十一月、帯広市産業経済功労者表彰。

平成十一年（一九九九）52歳

四月、真理子就農。五月、エッセイ集『北の家族』（家の光協会）刊。八月、「ラジオ深夜便」（NHK）に出演。八月、『酒飲みにささげる本』（北海道新聞社編）にエッセイ「ドスン」収録。九月、「巴旦杏《はたんきょう》」二十首により第三十五回短歌研究賞受賞。第六歌集『ペルシュロン』（ながらみ書房）刊。十二月、『佐佐木幸綱の世界16 ―佐佐木幸綱論』（河出書房新社）に「デストロイヤーの掌」が収録される。食料・農業・農村基本法（新農業基本法）成立。

平成十二年（二〇〇〇）53歳

七月、真理子、小林浩一郎と結婚。長芋、大豆、小豆の栽培再開。ＮＨＫ北海道地方放送番組審議会委員となる（二期四年）。十月、「短歌王国」（ＮＨＫ）に出演。十一月、帯広大谷短期大学非常勤講師となる（平成十九年まで）。

平成十四年（二〇〇二）55歳

二月、歌壇賞選考委員となる（以後五回）。五月、中学国語教材『国語の学習2』（明治図書）に〈雪を食へばしらゆき姫になるといふわが嘘を聴く耳やはらかし〉採用される。六月、月刊「文化連情報」（日本文化厚生農業協同組合連合会）にコラム執筆開始。二〇〇八年二月まで。十月、『現代短歌全集第十七巻』（筑摩書房）に『北方論』全篇収録。

平成十五年（二〇〇三）56歳

一月、「ＮＨＫ全国短歌大会」に選者として出演。二月、『探求・現代文』（桐原書店・高等学校国語科教科書）に〈離農せしおまへの家をくべながら冬越す窓に花咲かせをり〉採用される。三月二日、父没。享年91。五月、第七歌集『石の歳月』（雁書館）刊。

平成十六年（二〇〇四）57歳

一月、月刊「ＮＯＳＡＩ」（公益社団法人全国農業共済協会）にコラム「十勝から」連載開始。五月、中城ふみ子賞選考委員となる。十月五日、浩一郎没。享年30。十二月、「北海道ドキュメンタリー　顔」（ＮＨＫ）に出演。後に全国放映（一部地域を除く）。

平成十七年（二〇〇五）58歳

六月、『歌の鬼―野原水嶺秀歌鑑賞』（短歌研究社）刊。十月、『野男の短歌流儀』（本阿弥書店）刊。冬、岡井隆と然別湖へドライブ。

平成十八年（二〇〇六）59歳

七月、第八歌集『野男伝』（本阿弥書店）刊。十一月、帯広市文化賞受賞。

平成十九年（二〇〇七）60歳
二月、佐佐木幸綱と「ＮＨＫ歌壇」出演（司会水原紫苑）。八月、大塚陽子没。享年77。

平成二十年（二〇〇八）61歳
四月、現代短歌文庫㊳『続・時田則雄歌集』（砂子屋書房）刊。六月、申延春訳『野男の歌秀歌百選―日・中対訳鑑賞』（北溟社）刊。九月、第九歌集『ポロシリ』（角川書店）刊。

平成二十一年（二〇〇九）62歳
一月二十六日より北海道新聞「私のなかの歴史―野の男大地をうたって」に十二回登場。二月、『ポロシリ』により第六十回読売文学賞受賞。三月、『ポロシリ』により第五十九回芸術選奨文部科学大臣賞受賞。

平成二十三年（二〇一一）64歳
人参の栽培始める。澱粉原料馬鈴薯の栽培中止。十二月、「辛夷」退会。

平成二十四年（二〇一二）65歳
一月、十勝毎日新聞のコラム「編集余録」執筆開始。十一月、第十歌集『オペリペリケプ百姓譚』（短歌研究社）刊。十勝文化会議功労賞受賞。第六十四回北海道文化賞受賞。

平成二十五年（二〇一三）66歳
二月十八日、母没。享年91。三月、第一歌集文庫『北方論』（解説三澤吏佐子・現代短歌社）刊。五月、俵万智と対談（六花亭ホール）。八月、次女真澄、中原直人と結婚。

平成二十六年（二〇一四）67歳
三月、次女夫婦就農。三月、孫拓馬誕生。十一月、文化庁地域文化功労者表彰。

平成二十七年（二〇一五）68歳
六月、同人誌「劇場」を創刊し代表となる（編集人三澤吏佐子）。九月、第十一歌集『みどりの卵』（ながらみ書房）刊。八月、馬場あき子来宅。

平成二十八年（二〇一六）69歳
五月、エッセイ集『陽を翔るトラクター――農文一体』（角川文化振興財団）刊。十月、孫進之介誕生。

平成二十九年（二〇一七）70歳

四月、コラム集『樹のように　石のように』（十勝毎日新聞社）刊。十一月、第十二歌集『エゾノギシギシ』（現代短歌社）刊。

平成三十年（二〇一八）71歳

十二月、環太平洋連携協定（ＴＰＰ）が発効。十二月、農文協ブックレット『ＴＡＧの正体』に小文「農業者を愚弄するんじゃねえ！——十勝の大地から」収録。

令和元年（二〇一九）72歳

一月、農業協同組合新聞の新春号にエッセイ執筆（以後四年）。二月、経済連携協定（日欧ＥＰＡ）発効。

令和二年（二〇二〇）73歳

一月、日米貿易協定発効。令和元年（二〇一九）九月の日米首脳会談で最終合意。四月、孫士門誕生。十二月、帯広畜産大学外来講師（農村文化論）退任（約十年務める）。日本の食料自給率カロリーベースで三十七パーセント。

令和三年（二〇二一）74歳

四月、農業協同組合新聞に「農協時論」分担執筆開始。九月、コラム集『樹のように　石のようにⅡ』（十勝毎日新聞社）刊。

令和四年（二〇二二）75歳

十月、作歌生活六十周年。就農後五十五年の間に離農跡地を取得したり、原野を開墾したりして、耕地面積約四十ヘクタール。栽培作物：小麦、大豆、小豆、長芋、スイートコーン、人参、牛蒡。

家族写真（2022 年初夏、自宅前にて）

あとがき

この『詞華集』は作歌生活六〇年を記念し、既刊十二歌集に収められている三二六二首のなかから、二〇〇首を選んで編集した。

編集に際しては「劇場」同人湯浅可知子氏に多忙のなか、原稿をパソコンで整理していただいた。『劇場』編集人三澤吏佐子氏には「野男」にまつわる心のこもったエッセイを書いていただいた。更に、四十年来の盟友大金義昭氏には、私の作歌の原点に遡り、きめこまやかな解説を書いていただいた。各氏に心より御礼を申し上げたい。

刊行に際して『短歌』編集部の矢野敦志氏、打田翼氏、スタッフの皆さんに大変御世話になった。装幀を引き受けて下さった南一夫氏にも感謝を申し上げたい。

二〇二二年九月二十四日　ポロシリ庵にて

時田則雄

編著者略歴

時田則雄（ときた・のりお）

1946 年北海道帯広市生まれ。帯広畜産大学別科（草地畜産専修）を経て就農。1980 年角川短歌賞を受賞して歌壇デビュー。歌集、エッセイ集、コラム集など著作、受賞歴多数。

詞《し》華《か》集《しゅう》　野《の》男《おとこ》のうた　自《じ》選《せん》二〇〇首《しゅ》

「劇場」叢書5

初版発行　2022年12月20日

編著者　時田則雄

発行者　石川一郎

発　行　公益財団法人　角川文化振興財団

〒359-0023　埼玉県所沢市東所沢和田3-31-3

ところざわサクラタウン　角川武蔵野ミュージアム

電話 050-1742-0634

https://www.kadokawa-zaidan.or.jp/

発　売　株式会社 KADOKAWA

〒102-8177　東京都千代田区富士見2-13-3

電話 0570-002-301（ナビダイヤル）

https://www.kadokawa.co.jp/

印刷製本　中央精版印刷株式会社

 ISBN978-4-04-884511-3 C0092

治八年ノ測量進歩ノ顕ス
テ其割合百二十五萬分ノ
ノ線ハ測量既ニ成者ナリ
キヲ以テ見ヘ
テ全ク測リ得タル者ハ
ラサルモノハ
ニテ未タ測ラサル者ハ
衆國海軍大尉開拓使御雇
エスデー氏ヨリ受所ナリ
十二月
開拓使
地理課
KUNASHIRI ISL.
TRIGONOMETRICAL SURVEY OF HOKKAIDO
MAP
SHOWING THE PROGRESS OF
THE SURVEY OF
THE ISLAND OF HOKKAIDO.
1875
Under the Direction of
LIEUT. M. S. DAY, U. S. N.
Surveyor in Chief, Kaitakushi.
NOTES.